AF249857

LES DEUX OPUSCULINES.

A PARIS,

Chez L'Auteur, Quartier du Temple, au Marais, rue des Fontaines, Numéro 16.

1784.

LA DOUCEUR DES PEINES.

OPUSCULINE.

Medio de fonte dolorum
Surgit amœni aliquid

Inverf. LUCRET. *Carm.*

ON dit que le malheur à quelque chofe eft bon.
L'adage n'a pas tort : & mon texte a raifon.
S'il n'eft pas de plaifir fans un peu d'amertume ,
Il n'eft point de fouci , que l'efpoir ne confume.
Le Tems qui toujours veille , apporte des fecours.
Malheureux ! toutefois , qui n'a d'autre recours.
L'élixir qui fe mêle au levain de nos peines ,
Reffemble au petit-lait introduit en nos veines.
Par ce calmant fans fel l'eftomac affadi ,
Devient plus languiffant , qu'il n'étoit refroidi.
L'ame eft bien plus fenfible au chagrin qu'à la joie.
L'un rétrécit le cœur : par l'autre il fe déploie.
La douleur fe renferme , & le plaifir s'enfuit.
Le reméde du mal , eft un mal qui nous cuit.
Les grandes vérités tiennent du paradoxe.
Sur ce point de morale il faut être orthodoxe.
Les biens font relatifs : les maux le font auffi.
Le plus court intervalle écarte le fouci.
Puifqu'au monde il n'eft point de douleurs éternelles ,
Pourquoi s'abandonner à des frayeurs cruelles ?

C'eft un bien de pouvoir réfifter au défir ;
Un mal , de fe livrer aux attraits du plaifir.
O vous ! que l'infortune en tout tems perfécute.
Vous ! que la gloire fuit , que la fanté rebute.
Que craignez-vous de plus ? fut-ce le défefpoir !
Ce comble met un terme aux maux qu'on peut avoir.
    Sous le plus trifte afpect faut-il voir fa carrière ?
Aux biens ainfi qu'aux maux , il eft une barrière :
Les plaifirs font trop courts ; les foucis trop fréquents :
Mais l'efpoir , le défir n'en font que plus piquans.
Des maux qu'on a foufferts & de ceux qu'on augure ,
L'imagination balance la mefure.
Dans un moment de crife êtes-vous engagé ?
Songez aux maux finis ! vous ferez foulagé.
Il eft , m'objecte-t-on , des douleurs déchirantes ,
Des fituations vraiement défefpérantes ;
Oui ! mais il eft auprès , un baume fouverain.
(Le courage) vainqueur du mal & du chagrin.
La noble fermeté du ftoïque Socrate ,
Surpaffe à tous égards les fecrets d'Hippocrate.
Parvenez à guérir la foibleffe d'efprit ,
Vous calmerez du corps , le tourment qui l'aigrit.
    Je vous entends d'ici , crier à l'anathême.
Au captieux fophifme ; à l'abfurde fyftême.
Ecoutez-moi , de grace , avant de me blamer.
N'avez-vous pas connu le fupplice d'aimer ?
Vous avez donc fenti le pénétrant mélange
Des plaifirs les plus vifs , & leur contrafte étrange.
Du bonheur d'être aimé vous êtes donc jaloux ? —
C'eft en fouffrant jouir des plaifirs les plus doux.

Au reste, je confens à tenir pour frivole
La maffe des plaifirs d'un amour qui s'envole.
De l'auftére amitié les foins les plus gênants.
N'ont-ils pas pour nos cœurs des charmes entraînants ?
Combien, malgré le poids de la follicitude,
On chérit de ces nœuds l'exigeante habitude !
S'il eft dur de veiller pour d'ingrats ennemis,
Convenez qu'il eft doux d'en faire des amis.
A force de grandeur, l'augufte bienfaifance
Contraint la plus vile ame à la reconnoiffance.
D'un triomphe fi beau l'intéreffante ardeur
N'eut-elle aucune fuite, eft un bien pour le cœur.
La fourde trahifon ; la noire calomnie,
Plus que l'injure ouverte, affectent le génie.
D'une fauffe amitié les perfides détours
L'emportent fur la haine, avec fes alentours.
D'accord ! mais eft-il bon d'écouter fa colère ?
C'eft punir en foi-même une faute étrangère.
Quand on fait des ingrats, il faut fans murmurer,
Pour foi prendre le bien qu'on fçait leur procurer.
Ce plaifir débonnaire eft imparfait, fans doute ;
Mais fon charme adoucit l'amertume qu'il coûte.
Le jufte eft indulgent. C'en eft affez pour lui—
Toujours content de foi, s'il ne l'eft pas d'autrui.
    Méditez avec moi les paffions de l'ame !
Le feu vengeur qu'en nous la haine attife, enflamme,
Eft d'un plaifir cruel, la fource & le tombeau.
Plus d'un reffentiment le facrifice eft beau,
Plus un noble pardon a de douceurs certaines.
Ah ! plaignons ces tyrans, dont les loix inhumaines

Immolent la clémence au plaifir dangereux.
De verfer fans pitié le fang des malheureux.
Qu'heureux eft, au contraire, & bien digne d'envie,
Ce Sahin rétabli fur fon trône d'Afie,
Qui paffant de Titus les efforts confacrés,
Punit par des bienfaits fes freres conjurés.
Qu'heureux eft Washington ! dont l'exemple héroïque
Par le pardon d'Agill venge affez l'Amérique.
Trop heureux de Sçhuiler l'époufe & les enfans,
Quand Bourgoyne eft réduit à leurs foins obligeans !
Toi ! Poniatowski ! dont la plainte candide,
Défarma la fureur d'un fujet régicide,
Faifant grace à l'ingrat (daigne m'en avouer)
Tu fus trop fatisfait —— c'eft affez te louer.

 Et vous ! chers nourriciers de ce robufte empire,
Laboureurs affligés ! que votre ame refpire !
Pour alléger fur vous le choc du mauvais temps,
Cybèle vous promit le retour du printems.
Déja l'Aurore en pleurs attendrit les fauvettes.
Flore étale fon luxe au fein des violettes.
Après avoir fondu le cryftal des ruiffeaux ,
Zéphir vient exciter le murmure des eaux.
Des faules verdoyans qui bordent le rivage
Les rameaux bourgeonnés annoncent le feuillage.
Du Midi généreux la féconde chaleur
De la rofe naiffante anime la couleur.
Nos lilas font touffus : les jacinthes fleuriffent.
Vos jafmins font ouverts : ces jonquilles jauniffent.
Un grand coup de pinceau fur la belle faifon
Préfente le croquis d'un nouvelle horifon.

Quoi ! de plus confolant pour une ame affligée ?
En larmes de plaifirs la douleur eft changée.
La vive émotion, fœur de la volupté,
Se gliffe dans les cœurs avec aménité.
La terre met en jeu par un beau mécanifme,
L'énergique reffort de fon doux magnétifme,
Des plantes en amour le miafme odorant,
Détourne les foupirs par un charme attirant.

Ainfi, malgré les maux, dont l'ame eft pourfuivie,
Par un filtre attachant nous tenons à la vie.
Celui qui craint la mort, n'exifte qu'à demi :
Celui qui la défire — eft fon propre ennemi.
Si l'ami que l'on perd, caufe un regret funefte,
Le furvivant s'épanche avec celui qui refte.
D'un naufrage évité le retour que j'obtiens,
Fait oublier au port, la perte de mes biens.
Mais celle de l'honneur eft l'unique, peut-être,
Qui puiffe fans reméde empoifonner notre être.
La plus légere tache a peine à s'effacer —
Le remords eft toujours prêt à la retracer.
Sut l'homme délicat, fur fa tête penfante,
Que l'opprobre eft à charge ! & la honte pefante !
Pureté virginale ! angélique vertu !
Toi feule es le renfort d'un courage abattu.
Toi feule as le fecret d'adoucir l'amertume,
Suite des paffions que l'amour-propre allume.
Sur tes bienfaits le trouble a des droits affurés, —
Le calme eft établi fous tes drapeaux facrés.

Ne cherchons point ailleurs d'appui plus favorable.
La foibleffe a befoin d'un fecours refpectable.

D'une loi réprimante & d'un agent heureux ,
Dont le joug ne foit pas à nos cœurs onéreux.
En vain à l'homme on croit la nature propice.
Son rapide penchant l'entraîne au précipice ,
Si la forte vertu par de faints documens ,
Ne l'aide à retenir les premiers mouvemens.

    Mais il eft un pouvoir plus entraînant encore ,
Par lequel on fuccombe aux vices qu'on déplore.
Pourquoi l'ambitieux , au rifque de fes jours ,
Affranchit-il les mers ? rampe-t-il dans les Cours ?
Pourquoi le riche avare , au mépris de foi-même ,
Dans les privations met-il fon bien fuprême ?
Et pourquoi l'hydropique à l'afpect de la mort ,
Pour étancher fa foif , termine-t-il fon fort ?
N'eft-ce point le tableau de l'erreur ordinaire ,
Dont la douceur trompeufe a du moins l'art de plaire ?
Il n'eft point de malheur , de péril , de tourment ,
Qui ne porte avec foi quelque foulagement.

    De tant d'heureux profcrits rappellons-nous l'audace !
Sur tant de faints Martirs les effets de la grace !
Les glorieux exploits de nos Héros guerriers ,
Qui dans l'onde & la flamme ont cueilli des lauriers.
Les tourmens qu'à l'envi chaque cafte fauvage
Supporte dans les fers , avec tant de courage !
Obfervons d'un coup-d'œil ces modernes élans ,
Près de nous couronnés par des fuccès brillants.

    D'Eftaing , qui de fon bras a conquis la Grenade.
Suffren , qui nous foumit une immenfe peuplade
La Fayette , aux combats appellant Rochambeau —
D'un pas fier , l'un & l'autre , approchant du tombeau.

Quelle féve d'ardeur en leur fang qui bouillonne !
C'eft par d'heureux tranfports, que le fer les fillonne.
Leurs yeux fur la Patrie attachés par le rang,
Sans répandre une larme, ont vu couler leur fang.
Qu'ils ont eu de beaux jours, à travers les alarmes !
Au milieu des horreurs, qu'ils ont goûté de charmes !

Mais fans citer des noms qu'il nous faut révérer,
Dont pour jamais la France a lieu de s'honorer,
Tournons-nous vers ce Prince, écumant à la nage,
Que la vague en fureur animoit au carnage.
Vers ce Duc, qu'on a vu des portes de Mahon,
Voler à Gibraltar, pour fervir un Bourbon.
Vers ce Marquis fameux, qui fçut remplir fa tâche,
Cédant en protecteur l'île de Saint Euftache.
Enfin, vers ce grand Chef, qui feul dans tous les tems,
A furpaffé fa force, irrité par les vents.

A ces rudes affauts, marqués par des trophées,
Qu'il eft beau d'oppofer le fort des Coryphées !
De foutenir les droits d'un régne impartial,
Sans réclamer les leurs au fceptre martial.
Quel avenir flateur ! quel riant point de vue,
Ne leur a point offert la tourmente vaincue !
Qu'ils font dignes d'atteindre au faîte des honneurs,
Où la main de L o u i s éleve les grands cœurs.
Des douceurs de la peine, ah ! faut-il d'autre preuve
L'orphelin, le vieillard, la nourrice, la veuve,
Attirent fur leurs maux fon regard le plus pur,
Son fein pour l'indigence eft un afyle fûr.

Croiffez ! propagez-vous, faint amour de la gloire.
Écartez de nos mœurs la molleffe illufoire !

GUSTAVE nous obſerve : étalons ſous ſes pas
De nos arts qu'il chérit les pénibles appas.

Mais quel champ plus fertile en ſujets de triſteſſe,
Si le Cultivateur n'y ſeme avec ſageſſe?
Les deſirs importuns s'y conſument en pleurs,——
Les regrets ſuperflus ſerpentent ſous les fleurs.
En eſt-il autrement du printems de la vie?
De mille abus cuiſans cette ſaiſon ſuivie
Annonce les éclairs d'un été dangereux.
Le déclin de l'automne —— un hyver plus ſcabreux.

Il eſt, j'en conviendrai, des chagrins à tout âge.
Le ciel n'eſt pas toujours, clair ſans aucun nuage.
Ici ſont des écueils : là, ce ſont des volcans.
Des loups en garniſon : des lions dans les camps.
Des tigres embuſqués ſous l'aimable apparence.
Des renards ſéducteurs, qui trompent l'innocence.
Le tourbillon du monde eſt un dédale affreux,
De piéges recouverts : d'èchiquets déſaſtreux.
Du palais au hameau : du thrône à la ſellette,
Le ſouci tient au ſceptre, ainſi qu'à la houlette.

Triſteſſe de bon air : grimaces de gaieté——
Les fronts ſont traveſtis ſous un maſque emprunté.
Le maintien n'eſt qu'un ton : le ton n'eſt qu'un menſonge,
Un fard léger & pâle, affaibli par l'éponge.
Sur le miroir de l'ame, un faux jour éblouit——
Beaucoup moins qu'on ne penſe, on ſouffre & l'on jouit.

Concluons que la peine eſt l'école du ſage.
Il ſe plait à ſe vaincre —— & voilà ſon partage.
Il en recueille un bien (celui) de mieux goûter
Le plaiſir qui voltige —— & ne peut s'arrêter.

L'AMERTUME DES PLAISIRS.

OPUSCULINE.

Medio de fonte leporum

Surgit amari aliquid

LUCRET. lib. tert. de Nat. rer.

Ne nous abusons point sur la fausse apparence
Des délices qu'adopte un goût de préférence.
Telle est la loi du sort, que toujours de ses mains
Il mêle un peu de fiel aux plaisirs des humains.
Universel arrêt de la cause premiere,
Qui séme de chardons la plus noble carriere.
Les jeux sont passagers : les plaisirs inconstans —
Le cercle des soucis englobe les instans.
D'un nœud perpétuel inséparable étreinte,
Qui joint l'aise aux regrets, l'espérance à la crainte ;
Et dont l'ordre inconnu promène sur les fleurs
Un rouage engrené par les ris & les pleurs.
Exister, c'est pâtir ; c'est rendre à la Nature
Le tribut qu'en naissant lui doit la Créature.
Sa tâche est d'adorer un Etre tout puissant —
De bénir ses décrets, hélas ! en gémissant.
   Les larmes du plaisir, jouissance mentale,
Du rosier épineux sont l'emblême fatale.
Sous les bosquets touffus le reptile couché,
Désigne le poison par le baume caché.

C'eſt un fleuve de mort, que le cours de la vie !
D'un naufrage certain la tourmente eſt ſuivie.
Le plus gai voyageur, aux orages ſujet,
Nage au ſein des périls en ce commun trajet.
    Oſons interroger les Maîtres de la terre !
Sont-ils avec eux même autant en paix qu'en guerre ?
Le joug des paſſions leur impoſe des loix ——
C'eſt au Sceptre éternel d'humilier les Rois.
    A la Ville, à la Cour, citez-nous quelque place,
Qui n'offre au poſſeſſeur des ſujets de diſgrace ?
Quelle eſt la ſeigneurie, ou la propriété,
Dont la charge n'entraîne un poids d'anxiété ?
La robbe eſt en replis des ombres le ſymbole ;
L'épée à la vengeance, au point d'honneur s'immole.
Un pere eſt traverſé dans ſes ſoins paternels ——
La mere a des ſurſauts dans ſes vœux maternels.
Le Citadin ſe livre au tumulte, aux angoiſſes ——
Le Campagnard ſe plaint des bourgs & des paroiſſes.
La Veſtale eſt en butte à d'internes fureurs ——
Et le Célibataire aux mondaines terreurs.
Du paſte nuptial les clauſes révérées,
Sont par l'affreux dégoût trop ſouvent altérées.
La Diſcorde en fureur, s'arme & vient arracher
Des treſſes que l'Himen a pris ſoin d'attacher.
    Qu'on obſerve le train de nos Sardanapales !
Ces Épicuriens ne ſont que des Tantales.
Cinglant vers le bonheur ſur les flots du déſir,
Ils voguent —— & jamais n'arrivent qu'au plaiſir.
L'Egoïſte languit de vivre pour ſoi même ;
Et le bienfaiſant ſouffre à ſoigner ce qu'il aime.

S'il est doux d'obliger, même des scélérats;
Il n'en est pas moins dur de servir des ingrats.
Les peines ont du bien la faible expectative —
Les plaisirs ont du mal la sûre alternative.

Qu'on prenne par degrés l'homme en chaque saison!
Quels fruits recueille-t-il de toute sa raison?
Plus il est éclairé, mieux il voit sa misere.
Plus il a d'exiftence — & plus elle est amere.
Il fait pour s'alléger des projets superflus —
Hélas! ces vains efforts font des chagrins de plus.

Est-il de tems heureux, que le Tems ne dérange?
Les plaisirs les plus vifs font-ils purs fans mélange?
Talens, honneurs, fanté, fortune, dignités —
Sont autant de creufets pour les calamités.
Le Vice a fes remords; la Vertu fes alarmes.
Le Travail fes fueurs; l'Oifiveté fes larmes.
Le Repos est pénible! Ah! pour fe foulager,
Faut-il toujours de peine ou de plaifir changer?

Entrons dans le détail des voluptés fans nombre.
Ce font des corps brillans qu'on peut voir d'un œil fombre.
Leur éclat emprunté par la nuit obfcurci,
N'est du bien fugitif qu'un tableau raccourci.
L'Amour même, l'Amour, des erreurs la plus douce,
Qu'est-il? un mot l'enchaîne; un dédain le repouffe.
L'étincelle s'étend fur les propos joyeux;
Et le flambeau s'éteint par les plus ennuyeux.
Les tragiques accès de Phédre, de Médée,
Font voir de l'art d'aimer la Nature excédée.
Des langueurs du ferrail les comiques aveux;
Sont de grandes leçons pour nous & nos neveux.

Ciel ! à quels durs combats l'Amitié nous expofe !
A la paix qu'elle embraffe elle-même s'oppofe.
La morne inquiétude accompagne fon cours —
Tant les cœurs ont befoin d'un mutuel fecours !
Des plus fauvages bords les Hordes, les Peuplades,
Pour l'effroi des amis, contiennent des Pilades.
Du tems d'adverfité les quinteufes vapeurs,
Corrompent le lien le plus digne des cœurs.

Que dire de la Gloire & de la Renommée ?
L'une & l'autre par l'Hydre à leur perte animée,
Apprennent à compter les nuits par les travaux,
Et les jours défaftreux par les fuccès nouveaux.
Le plus beau fang verfé par l'ardeur du courage,
Le plus précieux tems confacré par le fage,
Coûtent moins de lauriers à l'injufte Univers,
Qu'au Soldat, au Sçavant, de maux & de revers.

Quel retour des plaifirs auxquels on s'abandonne !
On en compte fi peu, que l'équité pardonne !
Ceux même de l'efprit, ont un vide affligeant —
L'imagination fe trouble en y fongeant.

A l'honneur des beaux Arts publiez des chefs-d'œuvres :
Les ferpens vont fifler ! mille effains de couleuvres
Prendront avec foupleffe un tour perfuafif,
Pour armer contre vous un pouvoir abufif.
Autre fource de maux ! Si la libre penfée
Stimule en vos écrits l'ignorance offenfée,
Le préjugé qui foufre, a pour vous en punir,
Les bras longs du crédit, prompts à fe réunir.
Sublime Poéfie ! O Déïté célefte !
Aux Mufes tu fçais faire aimer ton art funefte !

Le mot propre eſt au Pinde une amere faveur. ——
Quoiqu'il coûte au Poëte, il en fait le bonheur.

Toutefois j'abandonne à l'horreur la plus grande
Le lot d'un fainéant que la ſtupeur commande.
Fardeau de ſon eſpece, à ſoi-même excédent,
Paraliſé d'ennui par l'ennui précédent,
Indigne d'abſorber l'air actif qu'il reſpire,
Il mérite auſſi peu la pitié que m'inſpire
Un Bramine exalté qui ſe laiſſe ravir
Par l'extaſe du Ciel, au lieu de le ſervir.

Mais paſſons au contraſte; à la foule accablante
Des Penſeurs à juger ſur la ſcène parlante.
Tel fatigue à ſes frais la preſſe qui gémit,
Et ne retire rien de tout l'or qu'il y mit.
Tel autre du parquet achete les ſuffrages,
Qui n'obtient qu'un ſiflet pour prix de ſes ouvrages;
Qui confus de ſe voir hué des Spectateurs,
Se fait en taille-douce honnir par ſes Lecteurs.

Vous, homme ſenſuel! corrompu de molleſſe,
Quel eſt de vos excès la brutale faibleſſe?
Envain aux plus honteux êtes-vous enhardi ——
Redoutez de vos nerfs le reſſort engourdi.
De la fibre en langueur près du muſcle oppreſſée
Le ſpaſme va gagner la machine affaiſſée.
Peut-être du maraſme, ou d'autres coups frappé,
Traînerez-vous à peine un ſquelette écloppé.
Ainſi ſur des briſans la précoce vieilleſſe
Ecraſe de glaçons l'imprudente jeuneſſe ——
Ainſi par ſes Autans l'air ſeptentrional
Transforme un équinoxe en ſolſtice hivernal.

Hé quoi! me direz-vous, le printems des années
N'aurait donc plus pour moi d'aurores fortunées!
Pourrais-je renoncer à cette alacrité,
Dont la verte campagne emplit l'humanité?
Aux assauts du *Bélier* la terre était en proie —
L'approche des *Gémeaux* y ramene la joie.
Du *Taureau* mugissant s'éclipse la maison —
L'Aurore moins tardive éclaircit l'horison.
Déja Flore & Zéphire exhalent dans nos plaines
L'odorante fraîcheur de leurs douces haleines.
Le Coq régle son chant sur la clarté du Ciel.
L'Abeille part, annonce & sa cire & son miel.
A l'appel du Moineau l'Alouette gazouille —
Le chant du Rossignol fait taire la Grenouille.
De ces plaisirs certains qui viendra me priver?
Est-il quelque dégoût qu'on en puisse éprouver?

  S'il en est! que d'Aspics! que d'Insectes immondes,
Pour nuire, incommoder, habitent les deux mondes !
Un tableau rembruni de noirâtres couleurs,
Vous peint le globe ouvert au fléau des douleurs.
Des climats tempérés la bénigne influence
N'exclud point des brouillards la maligne affluence.
L'Agneau va s'attrister au soufle du *Lion.*
La Biche en pleurs fuira l'aspect du *Scorpion.*
Le Lièvre & la Perdrix tiendront sous la *Balance*
Le Chasseur essouflé, dont le coursier s'élance.
Le hideux *Capricorne* aura pour les vergers
Des torrens pluvieux qu'essuiront les Bergers.
L'aiguillon pénétrant de la bise acérée,
Du givre, des frimats la crise hiperborée,

De l'auſtrale chaleur les éclats foudroyans —
Flétriront des jardins les bouquets verdoyans.

   Pour éviter ces maux, ſi vous rentrez en ville,
Que de ſots floriſſans aigriront votre bile !
Cercles myſtérieux où la froideur ſourit.
Grands bals, petits ſoupers, où la gayété périt.
Concerts ſpirituels, dont la cabale eſt l'ame —
Opéras, où debout le parterre ſe pâme.
Wauxhall, où l'art de plaire afflige les jaloux —
Redoutes, où l'on craint ambre, muſc & filoux.
Tons faux & déplacés : prétentions ſans titres ;
Goûts & modes ſans mœurs, dont les foux ſont arbitres.
Pour ſtyle du jargon ; du babil pour maintien ;
Des manieres de voir, où l'on ne conçoit rien.
Mouvemens ſans relâche : illuſions ſans terme,
Dont le ſtérile fonds ne produit qu'un faux germe.
Cent fois plus d'embarras que de commodités —
Voilà ce qui ſéduit en nos grandes Cités.

   Enfin dans tous les tems, en tous lieux, à tout âge,
Le deſtin des mortels n'eſt qu'un mixte partage.
Les jours les plus ſereins ont de triſtes momens ;
Et la plus belle vie a de cruels tourmens.
De nos malheurs paſſés le ſouvenir nous flatte,
Mais des biens à venir que l'attente eſt ingrate !
Nous ſommes tous réduits à nous enveloper
Du vent qui nous careſſe, & va nous échaper.
Abſtraction de jeu, de chaſſe ou promenade.
Amis, livres choiſis, concert, drame, charade —
Ce ſont les ſeuls plaiſirs, dont le ſel pur & fin,
Délecte le bon ſens — encor craint-on leur fin.